AF457593

LAS ADIVINANZAS DE PIRULITO

ADIVINANZAS

¿Qué le dice una pared a otra?
R: Te veo en la esquina.

¿Qué pasa si un elefante se para en una pata?
R: Deja huérfanos a los patitos y viudo al pato.

¿Qué le dijo Drácula a un mosquito que lo estaba picando?
R: A papá... no.

¿Cuál es el animal más antiguo?
R: La cebra, porque es en blanco y negro.

¿Cuál es el animal que asusta?
R: ¡El búuuuuuuuho!

Por la mañana salgo
y por la noche me voy.
Al medio día me vuelvo
pequeña, pero por la tarde
gigante soy.
R: La sombra.

¿Qué le dice el azúcar a la leche?
R: Nos vemos en el café.

Cuando estoy negro estoy limpio;
cuando estoy blanco, estoy sucio.
R: El pizarrón.

¿Qué le dice un jaguar
a otro jaguar?
R: ¿How are you?

¿Qué le dice un semáforo al otro?
R: No me mires que me estoy cambiando.

¿Cuál es el animal que después de muerto sigue dando vueltas?

R: El pollo en el spiedo.

¿Qué le dijo el cuchillo al tomate?

R: Ni siquiera te he tocado y ya estás rojo.

Mi nombre es Algo y mi apellido es Don. ¿Quién soy?

R: El Algodón.

Soy la primera en el alba,
soy la segunda en el mar,
y al cielo no puedo entrar.

R: La letra A.

¿Qué le dice una bombilla eléctrica a otra?

R: Estamos siempre dando luz y nunca tenemos un bebé.

Cuanto más caliente más fresco soy.
R: El pan.

¿Qué le dijo un timbre a la puerta?
R: Sonamos.

¿Qué es una lombriz?
R: Una serpiente con problemas de crecimiento.

Cuanto más lavo más sucia voy.
R: El agua.

¿Qué le dijo el fósforo a la caja?
R: Por vos perdí la cabeza.

Fui al mercado, compré un negrito y cuando llegué a la casa se puso coloradito.
R: El carbón.

¿Qué le dijo un árbol a otro?
R: Nos dejaron plantados.

Tengo hojas sin ser árbol
te hablo sin tener voz
si me abrís no me quejo.
Adiviná ¿quién soy yo?
R: El libro.

¿Qué le dice una oreja a otra oreja?
R: Tanta cera y ningún brillo.

El príncipe ALÍ con su caballo CAN
se fue a tomar el TÉ en la ciudad
que ha dicho usted.
R: Alicante.

¿Qué le dijo el sifón
al vaso?
R: Shhhhhhhhh.

Cuatro patas tiene y no puede andar.
También cabecera y no sabe hablar.
R: La cama.

¿Qué es lo que se repite
una vez cada minuto,
dos veces cada momento y
nunca en tres décadas?
R: La letra O.

Si me nombrás desaparezco.
R: El silencio.

Te la digo y no me entendés,
te la repito y no me comprendés.
R: La tela.

Tenemos diez dedos,
sin huesos ni carne.
R: Los guantes.

Yo tengo calor y frío,
y no frío sin calor,
y sin ser mar ni río
miles de peces vi yo.
R: La sartén.

¿Qué cosa no ha sido
y tiene que ser,
y que cuando sea
dejará de ser?
R: El mañana.

Tiene dientes pero no muerde.
R: El peine.

Blanco por dentro,
verde por fuera;
si querés que te lo
diga, espera.
R: La pera.

Este banco está ocupado
por un padre y por un hijo:
el padre se llama Juan
y el hijo ya te lo he dicho.
R: Esteban.

Con su traje blanco encontré
al hombrecito.
Bajo el terrible frío estaba
muy derechito.
Pero cuando el sol envió su calor,
se fue a la carrera
el extraño señor.
R: El muñeco de nieve.

A cuestas llevo mi casa.
Camino sin tener patas.
Por donde mi cuerpo pasa
queda un hilillo de plata.
R: El caracol.

En el campo fui nacida,
mis hermanos son los ajos,
y aquel que llora por mí
me está partiendo en pedazos.
R: La cebolla.

Por la verde pradera
va caminando un bicho
y el nombre de ese animal
ya te lo he dicho.
R: La vaca.

Cuanto más profunda es,
mucho menos la ves.
R: La oscuridad.

¿Qué le dijo un piojo
al otro?
R: Rajemos que viene
la cana.

Era un sol en miniatura
y en el campo la encontré.
Cuando sin piel
la dejé, me tomé
su frescura.

R: La naranja.

Cuando me observás de costado,
parezco una cordillera.
El don que me fue otorgado
es dar forma a la madera.

R: La sierra.

¿Qué pez usa corbata?

R: El pescuezo.

Vuelo de noche,
duermo de día.
Nunca verás plumas
en las alas mías.

R: El murciélago.

De noche llegaron sin ser invitadas.
De día se perdieron sin estar extraviadas.

R: Las estrellas.

Las cuatro hermanas gemelas
dan mil vueltas paralelas.
Giran, giran, siempre danzan
mas nunca jamás se alcanzan.

R: Las aspas del molino.

Si sube, nos vamos.
Si baja, nos quedamos.

R: El ancla.

Mi madre es tartamuda,
mi padre es cantor;
tengo el vestido
blanco y amarillo el corazón.

R: El huevo.

¿Qué será? ¿Qué será?
Que está en la puerta
y no quiere entrar.
R: El umbral.

Verde fue mi nacimiento,
rubia mi mocedad
y ahora me visten de blanco
porque me van a quemar.
R: El cigarro.

¿Qué se corta sin tijeras
y aunque a veces sube y sube
nunca usa la escalera?
R: La leche.

Tengo llaves pero no cerradura
y del blanco al negro
pasan por mi cintura.
R: El kárate.

Cuatro gatos en un cuarto,
cada gato en un rincón,
cada gato ve tres gatos,
adiviná cuántos gatos son.
R: Cuatro gatos.

¿Qué da la vaca
cuando está flaca?
R: Da lástima.

Un león muerto de hambre,
¿de qué se alimenta?
R: De nada, porque está muerto.

Soy blanco, soy tinto,
de color todo lo
pinto, estoy en la
buena mesa y me
subo a la cabeza.
R: El vino.

Yo fui el primer hombre y, aunque lo que digo te asombre, es nada, al revés, mi nombre.

R: Adán.

¿Qué es un león?

R: Un niño que lee mucho.

Entre nadie y ninguno hicieron una casa, nadie salió por la puerta y ninguno salió por la ventana ¿quién se quedó adentro?

R: Entre.

¿Qué hace el gusano al salir del jardín?

R: Comienza 1ª grado.

¿Cuál es el animal que al ponerlo cara arriba cambia de nombre?

R: El escarabajo.

¿Cuál de las flores lleva las cinco
vocales en su nombre?
R: La orquídea.

Un caballo blanco entró
en el Mar Negro.
¿Cómo salió?
R: Mojado.

Una madrastra la odia,
una manzana la mata,
un príncipe muy hermoso
de la muerte la rescata.
R: Blancanieves.

Muy bonito por delante
y muy feo por detrás,
me transformo en
cada instante pues
imito a los demás.
R: El espejo.

Silbo sin boca,corro sin pies,
te pego en la cara
y vos no me ves.

R: El viento.

Había dos monjas, una viaja al África y la otra a Europa ¿cómo se llaman las monjitas?

R: Por teléfono.

¿Cuál es el santo de las frutas?

R: Sandía.

¿Cuál es el animal que hace pipí por la boca?

R: El correcaminos: “hace pipí”.

El que lo hace lo hace llorando, el que lo compra lo compra llorando, y el que lo usa no lo ve ¿qué es?

R: El ataúd.

Con su cola inmensa vestido
de gris busca tu despensa
en cualquier país.
R: El ratón.

Cinco hermanitos van muy juntitos
y el que más se aleja es el más
gordito ¿quién es?
R: El dedo gordo de la mano.

¿Cuál es el animal que nunca
duerme?
R: El ciempiés, porque cuando por la
noche llega a su casa tiene que
quitarse todos los zapatos.

¿Cuál es el ave más nutritiva?
R: La avena.

¿Qué le dice una
foca a otra foca?
R: Aquí hace falta un foco.

¿Cuál es el colmo de un caballo?
R: Tener silla y no poder sentarse.

¿Cuál es el colmo más chiquito?
R: El colmillo.

¿Qué le dice un árbol al otro?
R: Ponete el impermeable que viene el perro.

Somos muchos hermanitos,
en una misma casa vivimos,
si nos rascan la cabeza,
al instante morimos.
R: Los fósforos.

Son siete hermanitos.
Cuando uno se muere,
otro nace. ¿Quiénes son?
R: Los días de la semana.

Mi madre me labró una casa
sin puertas y sin ventanas,
y cuando quiero salir,
rompo antes las ventanas.
R: El pollito.

Es tan grande mi fortuna
que estreno todos los años
un vestido sin costura,
de colores muy variados.
R: La serpiente.

¿Cómo se dice cementerio
en africano?
R: Tumba, tumba, tumba.

¿Qué le dice el
cuadro a la pared?
R: Perdoná que te de
la espalda.

Rojo, amarillo o verde, pica
pero no muerde. ¿Qué es?
R: El ají.

Somos muchas hermanitas como
cuentas de cristal, si preguntás a
qué venimos, pues venimos a regar.
R: La lluvia.

¿Cuál es el lápiz que mata?
R: La pistola.

Lana sube, lana baja ¿qué es?
R: La navaja.

¿Por qué es tan sencillo engañar
a una ballena?
R: Porque se tragan todo.

¿Cómo se dice pobre en chino?
R: Chin agua, chin luz, chin nada.

Verde como el campo, y campo no es, habla como el hombre, y hombre no es ¿Qué es?

R: El loro.

A pesar de tener patas, no me sirven para andar, tengo la comida encima y no la puedo probar.

R: La mesa.

Si tengo siete peces y se me ahogan tres ¿cuántos me quedan?

R: Siete porque los peces no se ahogan.

Cuando seca se moja. ¿Qué es?

R: La toalla.

¿Qué dice una cereza cuando se mira al espejo?

R: ¿Seré esa?

Es una caja habladora que vive
en muchas casas y se calla a
muy alta hora.

R: El televisor.

Todos pasan por mí yo no paso por
nadie. Todos preguntan por mí
yo no pregunto por nadie.

R: La calle.

En alto teje, en alto mora,
en alto teje la tejedora.

R: La araña.

¿Qué le dice un paraguas
a un bastón?

R: ¡Vestite hombre!

Oro no es; plata no es
¿qué es?

R: El plátano.

¿Qué animal come con la cola?
R: Todos, porque ninguno se la quita para comer.

En una carrera de peces
¿quién llega último?
R: El delfín.

¿Qué la dijo una iguana a
otra iguana?
R: Somos iguanitas.

Soy chiquitito como un ratón y
cuido la casa como un león.
R: El candado.

Hay largos y cortos, gordos y flacos,
y siempre les dan
en la cabeza,
¿qué es?
R: El clavo.

Me sigue, me sigue, me sigue
los pasos ¿quién es el que espera
cuando me retraso?
R: La sombra.

Doy al cielo resplandores cuando
deja de llover. Abanico de colores
que siempre podrás ver ¿qué es?
R: El arcoiris.

Adivina, adivinanza, ¿qué te pica
en la panza?
R: El hambre.

Laboriosa, laboriosa y ninguna es
ociosa ¿qué es?
R: La hormiga.

Tiene dientes y no come, tiene
dientes y no es hombre ¿quién será?
R: El choclo.

Habla y no tiene boca, oye y no tiene oído, es chiquito y hace ruido aunque muchas veces se equivoca.
R: El teléfono.

Teje con maña
caza con saña.
R: La araña.

Es redonda como un queso
y no le puedes dar un beso.
R: La luna.

¿Qué insecto gana todas las competencias?
R: El piojo, porque siempre va de cabeza.

Es rey y no lleva
corona, tiene fuego
pero no me quema.
R: El sol.

De huevo blanco y hermoso
una mañana nací
y al calor de una gallina
con mis hermanos crecí.
R: El pollito.

Mi picadura es dañina,
mi cuerpo insignificante,
pero el néctar que yo doy,
te lo comés al instante
¿quién soy?
R: La abeja.

¿Qué cosa es cosa que entra
en el río y no se moja?
No es sol, ni luna, ni cosa alguna.
R: La sombra.

Si se lee al derecho será animal,
pero si al revés se lee será vegetal.
R: La zorra.

Entre dos paredes mojadas
hay una niña acostada,
que siempre esta empapada.
R: La lengua.

Adiviname esa.
R: La mesa

Si me mojás hago espuma
con ojitos de cristal
y tu cuerpo se perfuma
mientras llega mi final.
R: El jabón.

Tengo cabeza redonda,
sin nariz, ojos ni frente,
y mi cuerpo se compone
tan sólo de blancos
dientes.
R: El ajo.

Blanca soy y,
como dice mi vecina,
útil siempre soy
en la cocina.
R: La harina.

¿Cuál es el animal que es
dos veces animal?
R: El gato, porque es gato y araña.

Mi reinado está en el mar,
soy de peso regordeta;
un día, siglos atrás,
me tragué entero a un profeta,
aunque luego lo expulsé
al pensar que estaba a dieta.
R: La ballena.

Vence al tigre, vence al león y a
cualquier otro dormilón, ¿qué es?
R: El sueño.

Mi compañerita y yo
andamos al compás,
con el pico hacia adelante
y los ojos hacia atrás.
R: La Tijera.

Cerrado soy bastón, abierto soy
techo, ¿quién soy?
R: El paraguas.

Adiviná quién yo soy:
al ir parece que vengo, y al venir,
es que me voy.
R: El cangrejo.

Un palo muy triturado,
para que la gente lo eche,
al blancuzco arroz
con leche o al
riquísimo helado.
R: La canela.

Si quieres las tomas y sino las dejas,
aunque suelen decir
que son comida de viejas.
R: Las lentejas.

Dicen que la tía Cuca,
se arrastra con mala racha.
¿Quien será esa muchacha?
R: La cucaracha.

Soy una loca verde y amarrada
que sólo sirvo para la ensalada.
R: La lechuga.

De celda en celda voy
pero presa no estoy.
R: La abeja.

Iba una vaca de lado,
luego resultó pescado.
R: El bacalao.

Verde nací,
amarillo me cortaron,
en el molino me molieron
y blanco me amasaron.
R: El trigo.

En la mesa se ponen,
se cortan y se reparten
y no se comen.
R: Los naipes.

Salí al campo por las noches
si me querés conocer,
soy señor de grandes ojos
cara seria y gran saber.
R: El búho.

Llevo pijama a diario
sin guardarlo en el
armario.
R: La cebra.

¿Qué se pone Superman antes de salir de su casa?

R: Su perfume.

¿Qué le dijo la cuchara a la gelatina?

R: No tiembles cobarde.

Su cabeza es amarilla,
siguiendo al sol, gira y gira,
muchos comen sus pepitas
y dicen que son muy ricas.

R: El girasol.

¿Cómo se mantiene a alguien en suspenso?

R: Mañana te respondo.

Orejas largas, rabo cortito;
corro y salto muy ligerito.

R: El conejo.

Cerca del polo, vive desnuda,
sentada sobre una roca,
suave, negra y bigotuda.
R: La foca.

Blanco es, la gallina lo pone,
con aceite se fríe
y con pan se come.
R: El huevo.

Mi casa es roja y lustrosa
y ayudo a la cocinera
con mi condición sabrosa.
R: La hornalla.

¿Qué le dijo un pie al otro?
R: Avanzá que yo te sigo.

¿Cuál es el país más
inútil del mundo?
R: Pakistán.

Suele tenerla la rosa
y también la tiene el pez,
aunque no se parecen en nada,
¿sabés que puede ser?
R: La espina.

Paso las noches en agua
para poder engordar,
me cuecen por la mañana
y si soy negro... ¡es fatal!
R: El garbanzo.

En primavera te deleito,
en verano te refresco, en otoño te
alimento y en invierno te caliento.
R: El árbol.

Tiene famosa memoria,
gran tamaño y dura piel,
y la nariz más grandota
que en el mundo pueda haber.
R: El elefante.

Adivina adivinador,
¿cuál es el árbol que no da flor?
R: La higuera.

Su madrastra y sus hermanas
no la dejaban salir
pero llegó el hada buena
y al príncipe hizo feliz.
R: La Cenicienta.

Giro mi cuerpo ante el sol,
por ser mi dueño y señor.
R: El girasol.

¿Cuál es el animal
que siempre llega al final?
R: El delfín.

No es león y tiene garra,
no es pato y tiene pata.
R: La garrapata.

Verde soy,
verde seré,
no me toques
que te picaré.
R: La ortiga.

Canto en la orilla,
vivo en el agua,
no soy pescado,
ni soy cigarra.
R: La rana.

Sin el aire yo no vivo;
sin la tierra yo me muero;
tengo yemas sin ser huevo,
y copa sin ser sombrero.
R: El árbol.

¿Por qué las focas cuando están en un circo, siempre miran para arriba?
R: Porque están los focos.

Zumba que te zumbarás,
van y vienen sin descanso,
de flor en flor trajinando
y nuestra vida endulzando.
R: Las abejas.

Haciendo ruido ya vienen,
haciendo ruido se van;
y, cuando mañana vuelvan,
de igual manera se irán.
R: Las olas.

Nunca camina por tierra, ni vuela,
ni sabe nadar, pero aún así siempre
corre, sube y baja sin parar.
R: La araña.

De mi tronco herido
sacan la resina.
En las piñas guardo
todas mis semillas.
R: El pino.

Soy un animal pequeño,
pensá mi nombre un rato,
porque agregando una “n”
tendrás mi nombre en el acto.
R: El ratón.

En rincones y entre ramas
mis redes voy construyendo,
para que moscas incautas,
en ellas vayan cayendo.
R: La araña.

Está en la navaja
y está en el cuaderno,
se cae del árbol
antes del invierno.
R: La hoja.

No es cama, ni es león, y
desaparece en cualquier rincón.
R: El camaleón.

El cielo y la tierra se van a juntar;
la ola y la nube se van a enredar.
Vayas donde vayas siempre lo verás,
por mucho que andes nunca llegarás.
R: El horizonte.

Por un caminito me encontré una dama, le pregunté como se llamaba y me dijo Juana, ¿quién es?
R: La damajuana.

Subé el telón, hay un teléfono con puntos de sangre, baja el telón; sube el telón, hay un teléfono con un charco pequeño de sangre, baja el telón; sube el telón nuevamente y hay un teléfono con un charco grande de sangre.
¿Cómo se llama la obra?
R: Llamada cortada.

¿Cómo metés a un elefante en un refrigerador?

R: Abrís el refrigerador, metés al elefante y cerrás la puerta.

¿Cómo metés a una jirafa?

R: Abrís nuevamente, sacás al elefante y ponés a la jirafa.

Si el rey de la selva convoca
a una junta a todos los animales
¿cuál no irá?

R: La jirafa, porque se quedó en la heladera.

Hay un río de cocodrilos
¿cómo lo pasarías?

R: Nadando, porque los cocodrilos están en la junta del león.

¿Qué es una sorpresa?

R: Una monja presa.

¿Qué planta medicinal
tiene las cinco vocales?
R: El Eucalipto.

Es la reina de los mares,
su dentadura es muy buena,
y por no ir nunca vacía,
siempre dicen que va llena.
R: La ballena.

Pura como el aire puro,
perversa como un traidor,
rojo es su color oscuro
y su aroma embriagador.
R: La rosa.

¿Qué es lo primero
que hace una persona
al salir al sol?
R: Sombra.

¿Qué es lo que hace una
manguera en la calle?
R: Se la pasa pidiendo.

En un puerto hay tres
barcos, uno es un crucero,
otro un transatlántico
y el otro ya te lo he dicho.
R: El yate.

Quitá una «ene» a violenta
y quedará un color
que además es una flor
aunque no huele a menta.
R: La violeta.

Si tengo ocho manzanas en una
mano y ocho manzanas en la otra
¿qué es lo que tengo?
R: Unas manos gigantes.

Si se cae un avión al mar con todos los miembros del gobierno de un país, ¿quién se salva?

R: La comunidad.

¿Cuál es el animal que es pequeño y poderoso?

R: Un pollito con una granada.

¿Cuál es la única persona que come con los dientes de otros?

R: El dentista.

¿Cuál es el animal que muere entre aplausos?

R: El mosquito.

El que pinta es pintor;
yo pinto y no recibo
tal honor.

R: El pincel.

Es redonda, es de goma,
de madera o de metal
y sale a dar una vuelta
con una amiga igual.
R: La rueda.

Tengo dientes afilados,
que mucho brillan al sol,
y aunque me hace falta la boca
soy un feroz comilón.
R: El serrucho.

Zapatos de goma, ojos de cristal,
con una manguera lo alimentarás,
dentro del garaje lo sueles guardar.
R: El auto.

¿Qué será, qué será,
que en la mesa siempre está?
R: La quesera.

Con solo tres colores
ordeno a cada uno.
Si todos me respetan
no habrá accidente alguno.
R: El semáforo.

Soy una bola grandota, que gira
constantemente, y que desea saber
dónde meter tanta gente.
Si ya sabes quien soy yo
eres muy inteligente.
R: La Tierra

Colorín, colorado,
chiquito pero bravo.
R: Ají picante.

Tengo vaina y
no soy sable.
El que lo sabe
que hable.
R: El mosquito.

Esta edición, de 1000 ejemplares,
se terminó de imprimir en:
Al Sur Producciones Gráficas S.R.L.
Wenceslao Villafañe 468 (1160)
Ciudad de Buenos Aires. Argentina
Abril 2012

www.ingramcontent.com/pod-product-compliance
Ingram Content Group UK Ltd.
Pitfield, Milton Keynes, MK11 3LW, UK
UKHW022009190726
13853UKWH00004B/1829